Aux quatre saisons de ma vie

Tome 1 :

Bourgeons du printemps

Jean-Michel Boiteux

Aux quatre saisons de ma vie

Bourgeons

du

printemps

Tome 1

© 2023, Jean-Michel Boiteux
Tous droits réservés
Édition : BoD – Books on Demand, info@bod.fr
Impression : BoD – Books on Demand, In de Tarpen 42,
Norderstedt (Allemagne)
Impression à la demande

Illustration : publicdomainpictures.net - George Hodan - Cerisier ornemental rose

ISBN : 978-2-3220-1665-5
Dépôt légal : Février 2023

Voyageant au vent
Entre ciel et mer
Le voilier volant
Vogue vers l'hiver

Au gré des vents

Un skippeur s'élève dans le ciel
Dans son vaisseau avec grand-voile
Comme pour défier le soleil
Que la vitesse lumière n'égale
De ses grains de poussières d'étoiles

Passant au gré des nuages bas
Poussé par le vent des Açores
Serrant au plus près de son mât
Le baume au cœur changeant de bord
Lorsque surgit le vent du nord

Naviguant aux quatre saisons
Il jouit des sons de vagues vagues
Cognant sa ligne de flottaison
Il pleut autant qu'il rit des blagues
Que lui raconte l'horizon

Et quand vient la nuit revient tôt
L'étau si clair d'une pluie gelée
De souvenirs froids jusqu'aux os
Laissant ainsi son cœur brisé
Comme l'éclair foudroie l'été

.

*« Les fleurs couvrent le manteau du printemps.
Je me promène en déclamant avec émotion...
Des centaines de fleurs éclosent et rendent purs ciel et terre.
Leur parfum parvient jusqu'à ma couche. Est-ce un rêve éphémère ? »*

Extrait de Ikkyu, 1993-1995
Hisashi Sakaguchi, Mangaka et animateur japonais

Pré en fleurs

Ce recueil est le premier de quatre tomes et reprend l'histoire de ma vie amoureuse à son tout début, de ma plus tendre enfance dont je me souviens, en passant par mes amours d'adolescent, mes premiers baisers, ma première fois, ma première rupture, amère et cruelle, et ma deuxième bien pire, pour continuer sur d'autres rencontres, puis par l'évocation de mon ex-femme qui m'aura laissé le plus merveilleux cadeau de la vie, et terminer la saison du printemps, c'est-à-dire mes jeunes années, en effeuillant mes fleurs de souvenirs parfumés et enivrants.

Je vous souhaite une bonne lecture.

Bourgeons du printemps

Sommaire

1 Pré qu'elles sont belles
2 Béguins d'enfance
3 Martine
4 Marie-Christine
5 Pénélope
6 Aline
7 Corine
8 À mon fils
9 Claire
10 Eva
11 Élodie
12 Katy
13 Lili
14 Brigitte
15 Et peace and love

Chapitre 1

Pré qu'elles sont belles

Les bourgeons du printemps

Les bourgeons du printemps ne demandent qu'à éclore
La bienvenue à celles qui des yeux nous dévorent
Que les plus belles fleurs du bal nous emballent
Sur une musique majeure mélodie tropicale

Et de toute évidence, comme un show man ricain
Sur une décadanse, quart d'heure américain
Les femmes tutoient les hommes qui ne bougent pas d'un cil
Qui sans trembler se donnent et deviennent dociles

Mais ce n'est qu'un vieux rêve et parmi des milliers
À cause des nanas on peut se rhabiller
Elles nous laissent pantois mais toujours aux abois
Jusqu'au jour où pour toi l'une ne sera pas de bois

Mes amours

Mes amours, mes amours, amours
Ce ne sont pas que des emmerdes
Si peu, mais des instants si courts
Qu'il m'en faut plus pour une gerbe

Mes amours, mes amours, amours
De belles belles, de belles femmes
Combien de bien sur mon parcours
J'ai eu combien d'elles en flammes

Des éternelles faisant l'amour
Sur l'herbe fraiche de l'aube jour
Aux tourterelles volant autour
De moi, me volant queue un jour

Mes amours, mes amours, amours
Mes amours de printemps à temps
Se sont envolées pour toujours
Sans que je ne vole tout leur temps

Mes amours, mes amours, amours
Je vous aimais tant, mais pourtant
Mes amours, mes amours, amours
Parties, je vous aime toutes autant

Chapitre 2

Béguins d'enfance

Mes amours d'enfance

Les amours d'enfance sont mémorables, enfin pour moi. Ce n'est presque rien sur l'échelle du temps mais ce petit rien nous apporte beaucoup. De l'amour ou des fêlures ; des bisous sur nos coutures ; des caresses sur nos années qui nous bordent au coucher comme le fait une bonne lecture pour nous faire voyager dans les contrées de nos songes.

Des petits béguins, j'en eus très peu car je n'étais pas le plus beau de la classe et puis j'étais un peu foufou, je courais partout, surtout après les filles, essayant de voir ce qu'elles pouvaient bien cacher sous leur jupe. Si c'était aujourd'hui, je serais étiqueté « pur porc ».

Le temps s'écoule à une de ces vitesses mais ralentit avant que l'on ne s'écroule. Retraçant nos instants les plus précieux, il nous raconte combien la vie vaut d'être vécue.

1. Mon premier russe

Nous n'avions même pas dix ans
Lors de nos premiers regards
Nos mots étaient hésitants
Nos cœurs jouaient la fanfare

Nos sourires un peu timides
Quand s'égaraient nos yeux louches
Sur nos lèvres un peu humides
Pour un baiser sur la bouche

Un russe puis un deuxième
Oh mais sans aller plus loin
Allez, peut-être un troisième
Et le prochain pour demain

Un petit russe que l'on sème
Juste un baiser quand on s'aime
Un russe donne des ailes
À tous les anges sans ailes

Tous les jours derrière chez moi
Les baisers de la passion
Nous abreuvaient à cœur joie
De moments plein d'émotions

Et même si quelques fourmis
Nous chatouillaient sous les fesses
Nous les laissions c'est promis
Nous animer de sagesse

Des petits bisous c'est tout
Pourvu que l'on soit séduit
Nous y prenions vite gout
Et moi j'en rêvais la nuit

Mon premier russe est poème
D'une douceur que sa peau aime
Un russe donne des ailes
À tous les anges sans ailes

2. Safeta

On jouait à Tarzan
Tu étais ma Jane
Nous avions dix ans
Moi Tarzan toi Jane
Je disais je t'aime

Ou je le pensais
Le cerveau hélas
N'est plus ce qu'il est
Puisque le temps passe
Les souvenirs s'effacent

Safeta et moi
Dans la cour d'école
En récréation
Quand le lion affole
Qui était le lion ?

Safeta et moi
Dans la cour d'école
On disait « Cheetah
Fais une cabriole »
Qui jouait Cheetah ?

Safeta et moi
Dans la cour d'école
Tarzan était roi
Pour Jane son idole
Mais qui était Boy ?

Safeta et moi
Dans la même classe
À côté de moi
Rêvais-je l'audace
D'un baiser fugace ?

Safeta et moi
À la même table
Je rêvais parfois
Ses cheveux palpables
En étais-je capable ?

On jouait à Tarzan
Tu étais ma Jane
On avait dix ans
Moi Tarzan toi Jane
Nous disions-nous « J't'aime » ?

3. Mon premier patin

Mon premier patin
Si je m'en souviens ?
Qu'il était divin !

Charmante inconnue
Qu'est-elle devenue ?
Où l'ai-je connue ?

Le pont de la gare
Où mes mains s'égarent
Sur ses seins en poire

Me voilà tout dur
Quand elle me murmure
Fin de l'aventure

Elle pousse la grille
Moi sur la béquille
Et ma mob vacille

Adieu belle fille

J'ai connu cette fille vers l'âge de 14 ans. Je la raccompagnais devant chez elle avec ma première mobylette, juste avant le pont de la gare de Troyes. Comment l'ai-je connue, je ne m'en souviens plus. L'ai-je revue, je ne m'en souviens plus non plus.

Chapitre 3

Martine

My first lady

Je vais y aller cash. Martine est la fille qui m'a dépucelé. Elle avait seize ans et j'en avais quinze. Notre relation n'a duré que quatre mois, mais j'en étais follement amoureux au point de mettre un terme à ma vie lorsqu'elle m'a quitté. J'avais écrit une lettre à mes parents pour leur dire que je les quittais et que j'étais désolé de les laisser ainsi mais que je ne me sentais plus la force de vivre, d'affronter la vie qu'ils m'avaient donnée. J'étais parti rencontrer une dernière fois ma douce, emportant avec moi un poignard avec lequel je pensais me donner la mort devant elle. Je sais, c'est horrible. Mais parfois on fait ce genre de chose lorsque plus rien ne va ici-bas et que l'on n'a pas la tête bien ancrée sur ses épaules et que personne ne nous offre son aide.
Personne ne m'a aidé et pourtant je suis encore là. Comment ai-je fait pour ne pas sombrer dans le néant ? Tout simplement par lâcheté. Quelle chance d'avoir ce défaut.

Nous nous étions rencontrés à la patinoire. Là, nous nous sommes plu tout de suite, mais j'étais si timide car elle m'impressionnait fortement. Nous sommes sortis dans des bistrots où nous mettions souvent sur le jukebox la chanson « Il est libre Max » de Hervé Cristiani. Nous sommes allés au cinoche pour regarder « La boum 2 ». Je n'avais pas vu le premier mais j'ai pleuré, et ri, nous avons pleuré encore et en chœur, enfin j'ai adoré quoi. Elle aussi, de plus que nous nous embrassions à perdre haleine.
Je n'étais pas vraiment mûr à quinze ans alors que la plupart de ses amis étaient des personnes majeures, les miens étaient des jeunes de mon âge. C'est mon manque de maturité qui a fait qu'elle me quitta.

J'ai d'autres souvenirs avec elle que je souhaite garder pudiquement, notamment la rencontre avec son papa.

1. Y a des jours comme ça

Sur ses patins à glace
Je vis tourner cette fille
Ne restant pas de glace
Mon sang gonfla ma quille

Cette légère tension
Put prêter à sourire
Car sur ma tête de con
Mes joues vinrent me trahir

Le regard amusé
Par mon terrible émoi
D'un coin de lèvre pincée
Elle sourit, j'aimai ça

J'étais trop énervé
Ce fut une douche certaine
Car je fus repéré
Par les fuites sous mon ben

Y a des jours comme ça
Où l'on serait mieux chez soi
Y a des fois tu sais
On devrait rester couché
Un moment d'égarement
Et tout peut basculer

La fille vint me causer
Face à mon affolement
Que ses bas m'ont causé
Dont je raffole tant

Ses dessous vus d'en bas
Au-dessus du satin
La chair en haut des bas
J'en perdis mon latin

Confondu, me dissous
Car sous sa jupe fendue
Sous ses friands dessous
Con fendu, j'ai fondu

Quand elle me dévoila
Un de ses petits seins
Alors là, croyez-moi
J'ai craqué, nom d'un chien

Y a des jours comme ça
Où l'on serait mieux chez soi
Y a des fois tu sais
On devrait rester couché
Un moment d'égarement
Et tout peut basculer

J'ai croulé, liquéfié
Confus, troublé, ça craint
Comme une flaque à ses pieds
Je serais chu sans sa main

Sa main venue à mon secours
Tendre et réconfortante
Comme un ultime recours
À ma honte grandissante

Elle m'a pris dans ses bras
Me donnant un baiser
Moi j'en suis resté coi
Puis elle s'est éloignée

Y a des jours comme ça
Où l'on serait mieux chez soi
Puis y a des jours comme si
Tout nous était permis
Un moment d'égarement
Et nous voilà ravi

2. Martine

Quand elle patinait sur la glace
Je me voyais dans cette glace
Un peu penaud sur mes panards
Me déhancher comme un canard

Puis elle s'est approchée de moi
Elle m'a mis mon cœur en émoi
Oh c'était bien la première fois
Que j'intéressais une nana

Alors dans cette patinoire
Où a commencé notre histoire
On a tourné main dans la main
Comme Lelouch tournait sans fin

J'avais quinze ans et elle seize
On a fait l'amour pas la baise
Car c'était ma première fois
Et croyez-moi j'avais les foies

Oh oui Martine je l'aimais tant
Je l'attendais depuis longtemps
C'est en glissant sur des patins
Que l'on s'est roulé un patin

3. Y a plus d'espoir

Ma muse zappe ma musique
L'amour sans élastique
Car ma belle hélas tique
Elle saute en parachute
Et c'est la chute

Le préservatif
Chapeaute mon désir
Qui jusqu'au bout
Reste bien en vit

Elle aspire et j'inspire
Je n'aspire qu'à jouir
Mais elle manque d'espoir
Me prend pour une poire
Et puis se barre

Elle se tire, elle s'arrache
Et moi je m'amourache
Elle me fuit du regard
Et danse dans le noir
Y a plus d'espoir, plus d'espoir
C'est bien trop tard, oui trop tard
Elle décroise mon regard

Le plastique fantastique ?
Je suis catégorique
Pas fantasmatique
C'est de la poisse, savoure
Le tue-l'amour

Le préservatif
Protège ma vie
Mais fait surtout
Capoter l'envie

Et j'ai beau m'échiner
À me l'asticoter
Rien n'y fait, elle fuit
Elle se fout d'mon kiki
Mon zigouigoui

Elle se tire, elle s'arrache
Et moi je m'amourache
Elle me fuit du regard
Et danse dans le noir
Y a plus d'espoir, plus d'espoir
C'est bien trop tard, oui trop tard
Elle décroise mon regard

Ma muse zouk sa musique
Bois bandé, élastique
Mais…hélas…tique
Et crac ! Le parachute
…Jute !

4. Bond, je n'suis pas Bond

Je n'suis pas le pion de sa majesté
Dans mon lit aucune fille majestueuse
Je ne possède pas le permis de tuer
Mais je connais une putain de tueuse

Non, je n'ai pas le flegme de Flemming
Mais comme lui j'ai la flemme de flemmarder
Comme lui je cours après le bon timing
Qui m'évitera de me faire canarder

Bond, je n'suis pas Bond
Mais j'aime l'idée, j'aime
J'aime être James
Bond, je n'suis pas Bond
Mais j'aime l'idée, j'aime
J'aime être James Bond
Et je préfère les blondes

J'n'ai pas su être l'espion qui t'aimait
Ma façon d'aimer n'est pas sur chéquier
Mon jeu n'est pas un coup de poker mais
Il ne sera qu'un pion sur l'échiquier

Je n'sais pas briller comme l'éclat d'une bombe
J'm'éclate comme je peux sans aucun gadget
Aucune fille amoureuse de moi ne tombe
Je n'suis pas espion, juste un pion qu'on jette

Bond, je n'suis pas Bond
Mais j'aime l'idée, j'aime
J'aime être James
Bond, je n'suis pas Bond
Mais j'aime l'idée, j'aime
J'aime être James Bond
Et je préfère les blondes

Bond, je n'suis pas Bond
Mais j'Bond un p'tit peu

5. Beaucoup de beaux coups

J'ai tué le temps
À coups de couteau
À couteau tiré
À coups trop tordus
À cout trop élevé
À bâtons rompus
À me questionner
De sous-entendus
À coups de « pourquoi »
Sur un coup de dé
À couper le souffle
Souffler n'est pas jouer

J'ai tué le temps
À coups de baston
De bons coups de boule
À coups de courage
Sur un coup de gueule
Comme un coup d'arrêt
Sur un coup d'éclat
Un coup de poker
Sur un coup d'état
Sans coup d'encensoir
À couper la chique
Un vrai coup de maitre

J'ai tué le temps
Dans un coup fourré
Une course-poursuite
Un coup de filet
Sur un coup de fil
Un vrai coup de main
Comme un coup de poing
Ou un coup de pied
Comme un coup de vieux
À coups de couleurs
Un coup du Soleil
Au soleil couchant

Mais le temps m'a tué
À coup sûr le cœur
Sur un coup de foudre
Un coup de grisou
À coups de bisous
Attaque dans le cou
Elle m'a attiré
Puis elle m'a tiré
Un coup dans le foin
Des à-coups tirés
Tagada tsoin tsoin
À-coups tôt tirés

À coucher dehors
À coucher par terre
À toucher son corps
Accoucher l'amour
Un coup dure encore
Un bon coup de boules
Ma poule aux yeux d'or
De mots doux velours
La couver l'endort
De miel et d'humour
Beaucoup de beaux coups
À coup sûr d'amour

Mais le temps m'a tué
À coup sûr le cœur
À coups de tonnerre
Des à-coups d'enfer
À coups de mensonges
C'est bête quand j'y songe
Elle m'a attiré
Puis elle m'a tiré
Encore dans le foin
Puis elle s'est tirée
Tagada tsoin tsoin
Juste un coup pour rien

6. C'est pas que…

C'est pas que tu me manques
C'est pas qu'ça me démange
C'est pas que j'n'ose te dire
C'est Pâques je vais souffrir

C'est Pâques
C'est Pâques
Je t'envole
C'est Pâques
C'est Pâques
Je suis seul

C'est pas que…
Et rien que…
Mais rien que d'y penser
C'est pas que…
Mais c'est que…
Je ne cesse de t'aimer

C'est Pâques
C'est Pâques
Les cloches sonnent
C'est Pâques
C'est Pâques
Je suis seul

C'est pas que tu me manques
C'est pas qu'ça me démange
C'est que je n'puisse te dire
Combien je dois souffrir

C'est Pâques
C'est Pâques
Je t'envole
C'est Pâques
C'est Pâques
Je suis seul

C'est Pâques
C'est Pâques
Les cloches sonnent
C'est Pâques
C'est Pâques
Je suis seul

C'est Pâques
Les cloches sont passées
J'y suis resté

Chapitre 4

Marie-Christine

Marie

Je me souviens de mes nuits de bal où je m'absente place de l'église comme pour prier puisque j'ai mal, mais c'est un mal qui magnétise. Je me recroqueville dans un coin avec ma bière à la main et là je pleure. Pour qui, pourquoi ? Est-ce l'alcool qui me fait ça ? Je ne sais pas ce qu'il m'arrive mais mon âme part à la dérive.
Marie-Christine n'est pas là. Elle ne pourra me consoler. Marie-Christine, tu sais j'ai froid, qui d'autre pourrait me réchauffer ?
Nous ne nous voyions très peu, à peine quelques soirs d'été. Étudiant le reste du temps, nous attendions impatient les soirs de bal de Villemaur-sur-Vanne, ou de Paisy-Cosdon, là où, sans vouloir vous faire de vanne puisque ce n'est pas du bidon, nous nous sommes rencontrés. Elle portait une minijupe, enfin une jupe retroussée, mais c'était juste un jeu de dupes, là où les parents sont trompés. Elle m'a flashé des yeux et là j'ai succombé. C'était un soir d'été, nous tombions amoureux. Sur l'herbe, je l'ai retroussée mais l'herbe humide nous a repoussés. Doucement, nous nous sommes relevés, main dans la main nous avons marché. Nous ne voulions plus nous quitter. Et puis je l'ai raccompagnée jusque devant chez elle où je l'ai baisée. C'était le plus doux des baisers. Ce jour-là restera gravé dans mes pensées.

Un jour, je reçois d'elle une lettre me demandant de venir la retrouver à La Ferté-sous-Jouarre, une petite ville située près de Maux en Seine-et-Marne, où elle passait ses vacances chez sa tante. Mais la façon dont elle l'avait écrite, me laissait supposer que je n'allais pas oser m'y rendre. Eh bien, j'y suis allé. J'avais alors dix-sept ans mais croyez-moi, j'avais envie de la voir, de l'embrasser, de lui faire l'amour et tout oser. Alors je ne me suis pas fait prier. J'ai pris mon paquetage, mon magnéto et mes K7 de Renaud et je me suis tiré de chez moi. J'ai pris le train et le métro pour la première fois. Arrivé à La Ferté, j'ai marché encore quelques kilomètres. Ne me demandez pas comment j'ai fait pour trouver l'endroit où elle logeait mais j'y suis arrivé. Quand on aime, on a la volonté décuplée.

J'arrivais à l'adresse indiquée sur son courrier, une friterie que tenaient sa tante et son oncle. « Ma gonzesse » tournait sur mon lecteur K7. J'ouvris la porte de la friterie. Quelques personnes attablées me jetèrent un regard courroucé me signifiant les déranger dans leurs discussions. La patronne arriva au plus vite. Je lui dis que je venais voir Marie. Elle me répondit avant tout de baisser ma musique. Ce que je m'empressai de faire. Effectivement, à l'intérieur du resto le son parut plus fort. Je stoppai mon magnéto. La patronne dit à une enfant près du bar d'aller chercher Marie, qu'un garçon l'attendait. Je patientai quelques minutes devant ces gens un peu médusés de voir un jeune homme comme moi, seul sur la route pour aller retrouver sa bienaimée. Enfin, cela se devinait. Un mecton entrant avec la chanson « Ma gonzesse » et demandant à voir Marie, cette si charmante serveuse, ce ne pouvait être que son amoureux. Mais que fait donc cette fille à laisser patienter ainsi dans l'entrée son petit copain. Ah ! Marie arriva enfin, le sourire éclatant, pas étonnée un instant de l'audace de son amour. Elle se jeta dans mes bras, je lui donnai un baiser. Sa tante Yvette, la patronne de cet établissement, me débarrassa de mon paquetage. Marie me prit la main et m'entraina dans l'arrière-boutique pour m'enlacer, me dire qu'elle m'aimait, qu'elle m'attendait car elle était sure que je viendrai. Nous nous embrassâmes à perdre haleine, plus aucun mot ne sortit de nos bouches jusqu'à l'arrivée de sa tante venant nous questionner :
- Alors comme ça c'est toi Jean-Michel. Je n'étais pas au courant de ta venue alors ne m'en veux pas si je suis un peu intrusive dans votre relation. Marie, dit-elle l'air stupéfait de quelqu'un essayant de comprendre, mais tu ne m'avais pas dit que ton chéri allait venir de Troyes. Cela fait un bout de chemin tout seul, et en plus à son âge. Tes parents sont au courant Jean-Michel, demanda la tante ?
Nos parents respectifs n'en savaient rien.
- J'ai dit aux miens que j'allais pieuter chez des potes quelques jours, lui répondis-je.
C'était au mois d'aout alors mes parents étaient un peu plus cool avec moi.

- Et les tiens Marie, le sont-ils ?
- Non Yvette, papa et maman ne sont pas au courant que Jean-Mi vient passer le weekend ici. Dis, tu ne vas pas leur dire s'il te plait.
- On verra ça, en attendant, tu vas coucher dans notre caravane et Jean-Michel dormira dans celle de Pauline.

Pauline était la fille d'Yvette. C'était une petite fille joyeuse comme le sont la plupart des filles de 10 ans, mais naïve et peureuse comme j'allais m'en apercevoir avec plaisir les jours suivants.

Le soir venu, nous mangeâmes dans la friterie. Je fis la connaissance de son oncle André qui nous rejoignit après une dure journée passée à faire la queue dans les administrations de sa commune pour refaire son permis de conduire et d'autres paperasses ennuyeuses.

Nous discutâmes de choses et d'autres dont je ne me souviens plus la teneur des propos, mais j'appréciais la chaleur de ces personnes m'ayant accueilli les bras ouverts.

Le lendemain, c'était un samedi, jour de rush pour la friterie où les jeunes se réunissaient pour prendre un pot dans ce lieu excentré de la ville afin d'être plus tranquilles. Quoique, je me demande s'ils ne venaient pas pour les beaux yeux bleus de Marie. Ah, la jalousie, quel vilain défaut !

J'observais Marie aider sa tante et me laisser seul dans mon coin. Je proposai alors à Yvette de leur venir en aide. Elle regarda André qui me dit :

- Très bien p'tit gars. Comme ça, je vais pouvoir commencer quelques travaux d'aménagement dans la cour.

Je pus ainsi me coller au plus près de ma chère et tendre. Je fis des frites, des hotdogs, des sandwichs merguez que je servis aux clients, je vendis aussi des boissons alcoolisées aux jeunes assoiffés et des jus de fruits aux enfants des touristes passant dans la région.

Les heures filaient si vite que je n'avais pas le temps de bécoter Marie. Le soir venu, je me rattrapais grave jusqu'au moment de nous séparer pour aller nous coucher.

Yvette, n'ayant rien dit à nos parents, acquiesça lorsque Marie lui demanda si je pouvais rester un peu plus avec elle pendant les vacances. Sa tante nous dit même que je pouvais rester toute la semaine. Nous étions si heureux !

Le lundi soir, jour de fermeture de la friterie et jour de l'anniversaire d'Yvette, André avait prévu de l'inviter au restaurant pour l'occasion. Comme la réservation était déjà faite, Yvette téléphona pour savoir s'il était possible de mettre un couvert supplémentaire. Le restaurateur confirma et je fus invité avec la petite famille. C'était un resto chinois et mon premier. Et ce ne fut pas le dernier car je suis tombé amoureux de la cuisine chinoise.

Un soir, dans la caravane de Pauline, alors que nous retardions l'heure d'aller nous coucher, Marie et moi flirtions gentiment pendant que Pauline jouait à la poupée. Les lumières étaient allumées et l'heure fatidique de se quitter pour la nuit allait arriver lorsque je vis derrière Pauline une araignée noire grimper sur le mur de la caravane. Est-ce mon subconscient un peu vicieux sur les bords ou la malice qui me dicta mon acte, je n'en sais rien mais je ne fis rien à cette petite bête arrivant à l'instant propice. Pourquoi donc cet instant était propice me direz-vous ? Je lançai d'un air effrayé à Pauline :

- Attention, Pauline, la… la… la grosse araignée derrière toi.

Pauline prit peur et s'enfuit dans la caravane de ses parents où Marie alla la border et s'assura qu'elle dorme profondément, puis revint près de moi me languissant de ses bras et de ses baisers. Et là, je dois vous dire que nous passâmes la plus belle nuit que j'ai passée de toute ma vie. Marie en redemanda encore et encore. Elle ne prenait pas la pilule et je n'avais pas de préservatif, alors je dû faire très attention de ne pas la mettre en cloque. Je me souvins à ce moment précis d'une conversation de mon père qu'il avait eue avec je ne sais plus quelles personnes où il leur disait qu'après avoir jouit à l'extérieur, pour ne pas risquer de faire un enfant, il allait uriner avant de revenir à confesse. Alors, après chaque jouissance que me procurait Marie, je la laissais à quatre pattes sur le lit où elle me priait de faire vite, ce que je fis en allant faire pipi pour revenir prestement chatouiller de ma plume ses papillons.

C'est ainsi que la nuit passa, après avoir été quatre fois aux toilettes. Mais à la quatrième, revenant pour monter à cheval sur Marie comme on l'est sur la literie, elle s'était éteinte, épuisée de la dernière étreinte. Je me laissai alors sombrer aussi dans les bras de Morphée, heu, de Marie, vaincu par la petite mort.
Quel souvenir inoubliable !

Le lendemain, les choses se gâtèrent. Quand Yvette se réveilla, elle vit Pauline dans le lit de Marie. Elle comprit aussitôt et vint frapper à notre porte. Trop tard, la chose était faite. Comment pourrait-elle sauver la face devant le regard des parents de Marie, les yeux dans les yeux de sa sœur, lui dire que nous avons couché ensemble. Elle se sentit trahie par sa nièce. Moi, je la fermai car je comprenais le mal que je pouvais faire à Marie et à sa famille si Marie tombait enceinte. Marie essaya de réconforter Yvette en lui disant que j'avais fait très attention. Mais tant que le doute ne serait pas dissipé, rien ne saurait empêcher de l'inquiéter. Yvette téléphona plus tard à sa sœur après en avoir discuté avec André. Les parents de Marie vinrent le lendemain et me proposèrent de me ramener chez les miens. Je ne voulais pas repartir avec eux mais son papa téléphona au mien et la décision fut prise pour mon retour. La suite de mes vacances se passa tristement loin de Marie.

Je la revis bien sûr danser au bal du samedi soir quelques temps plus tard. Elle danse, Marie, elle danse très bien. Son papa étant présent puisqu'il s'occupait des soirées de la commune, j'en profitai pour lui demander, après avoir pris mon courage à deux mains, si Marie pourrait prendre la pilule. Il faut dire que l'alcool aidant, je me sentis cap' de gravir l'Himalaya. Il me dit qu'il en parlerait avec sa femme.
Le temps passa, Marie prit la pilule mais je fus appelé sous les drapeaux et je ne pus en profiter car notre relation se termina soudainement, me laissant un vide assommant, une année sombre où le service devint comme la guerre, un calvaire.

J'écrivais à Marie pendant mes moments de repos à la caserne mais mes lettres restaient sans réponse.

J'ai revu Marie une fois pendant mon service. Nous avons parlé de nous sur un banc près de chez elle. Je lui avais promis que lorsque j'aurai fini mon devoir envers ma chère patrie, je m'occuperai d'elle et seulement d'elle si elle voulait bien encore de moi.

C'est dur pour un jeune homme de rester fidèle car la sexualité est importante à cet âge-là. Marie ne souhaitait plus me voir mais moi j'avais besoin de la voir alors je suivais le groupe Arpège qui jouait souvent près de chez elle. Forcément, je l'apercevais brièvement et je me saoulais car elle me repoussait.

Dans les bals où elle n'était pas, je draguais car j'avais besoin de contact, de bras, de sexe.

Puis un jour que je parlais à une fille dans un bal et que je l'embrassais, survint la copine de Marie qui nous surprit ainsi. Je me doutais bien qu'elle lui dirait ce qu'elle avait vu et je m'en mordis les doigts après mon service militaire effectué.

Elle me téléphona un jour de semaine me demandant de venir la rejoindre à la sortie de son bahut. Elle me dit qu'elle m'aimait encore d'une voix si suave que je tombais dans le panneau. Je vins au rendez-vous et la vis embrasser un mec. Puis, la fille que j'avais embrassée au bal lorsque la copine de Marie nous avait surpris est venue à ma rencontre et m'a dit qu'elle voulait bien sortir avec moi. J'étais tellement énervé que je me suis sauvé, dépité de ce qu'il m'était arrivé. J'ai pensé à ce moment-là que c'était dommage car j'avais réellement l'envie de changer et de ne plus jamais la tromper.

Je n'ai plus pleuré en pensant à Marie. Il faut dire que pendant un an, il n'est pas un jour où je ne pensais à elle et où j'avais le cœur gros… Alors mes yeux étaient devenus arides comme le désert de Gobi.

Notre histoire se termina ainsi et tout au long de ces dernières années, je ne l'ai jamais revue.

1. Joli mois de mai

C'était le premier mai
Les volets grands ouverts
J'ai enlevé les volets
Les fermiers étaient verts
Quand au petit matin
Ils se sont réveillés
Les yeux pleins de crottin
La gueule enfarinée

J'avais mis un sapin
Tout contre la fenêtre
De mon petit béguin
Mais ce que j'étais bête
La tradition, l'adage
Disant pour un sapin
Que la fille est volage
Mais je n'en savais rien

Joli mois de mai
Que j'étais bien en si beau jour
J'aurais aimé croquer sa pomme
En faire ma petite gueule d'amour
Ma foi, je n'étais qu'un jeune homme
En manque d'amour

Puis elle m'est apparue
Les cheveux en bataille
L'air un peu saugrenu
Venant faire ripaille

Descendant l'escalier
Et presqu'à moitié nue
M'a offert un café
Je suis tombé des nues

Joli mois de mai
Que j'étais bien en si beau jour
J'aurais aimé croquer sa pomme
En faire ma petite gueule d'amour
Ma foi, je n'étais qu'un jeune homme
En manque d'amour

Comme je dormais à moins
D'un pâté de maison
Elle m'a dit passe demain
Prendre un pâté maison
Viens donc casser une croute
Et boire un coup de rouge
Il faudrait que tu broutes
Mon gazon pousse trop vite

Joli mois de mai
Qu'elle était belle, que j'étais bien
Une envie de croquer sa pomme
Sa bouille au pinceau, au fusain
Mais elle voulait croquer la pomme
Seins nus sans dessin

2. Marie

Genoux à terre
Pour le pardon
Je nous pardonne
Nous en parlons
Nous accordons
Nos violons

I'm so lonely
But i feel good
I'm so happy
To be good

Marie, couche-toi là
Marie, juste là
Marie, touche-moi
Ne t'effarouche pas
Embouche-moi
Aime-moi

|A|
|A|
|A|
|A|
|A|
|A|

3. Quand on n'a même pas vingt ans

Quand tout bas tu soufflais
Au creux de mon oreille
Quand tu me murmurais
« Je t'aime, Jean-Michel »

J'étais si désarmé
Sans rien, tout nu, à poil
Juste être à tes côtés
Ça me foutait les poils

Il me poussait des ailes
J'avais envie d'éclore
Clore mon côté rebelle
Ma belle et plus encore

Mais quand on n'a même pas vingt ans
Et le cerveau sous la ceinture
On est sollicité souvent
Par de charmantes créatures
Usant de sourires envoutants
On devrait porter une armure
Nous protégeant des sentiments
Nous menant droit à la luxure

Un an sous les drapeaux
Je m'en souviens encore
Combien manquait ta peau
Combien pleurait mon corps

Bourgeons du printemps

Marie-Christine

Tous mes courriers d'amour
Mes lettres griffonnées
Les as-tu lues un jour ?
Te les a-t-on cachées ?

Les regrets sont malsains
Surtout les soirs d'été
Ils ne servent à rien
Mais comment oublier ?

*Et quand on n'a même pas vingt ans
On a le cœur comme une girouette
Quand on n'est plus un enfant
On ne sait où noyer sa tête
On voudrait traverser les mers
Aller combattre les océans
Mais pour faire d'une femme une mère
On pense avoir encore le temps*

*Et quand on n'a même pas vingt ans
Et le cerveau sous la ceinture
On est sollicité souvent
Par de charmantes créatures
Usant de sourires envoutants
On devrait porter une armure
Nous protégeant des sentiments
Nous menant droit à la luxure*

*Pourtant moi, moi je t'aimais fort
Pourtant, tu sais, je t'aimais tant
Parfois même je te rêve encore
À quoi bon, où sont nos vingt ans*

4. La jalousie

C'était bon de l'attendre là
Devant la porte de son lycée
Mais le bond quand j'ai vu ce gars
De ses bras venir l'enlacer

J'étais venu au rendez-vous
Dans l'espoir de l'emmener diner
Glisser ma main sous ses dessous
Avant une nuit bien agitée

Mais ce que j'ai vu m'a déçu
Quand j'aperçu ce petit con
La séduire d'une main tendue
En lui relevant le menton

La jalousie a brisé mon avenir
Et depuis je ne cesse de souffrir
Elle m'a causé d'énormes torts
De la rancœur et des remords
La jalousie me fend le cœur, encore

Je n'ai rien dit, j'ai laissé faire
Comme un voyeur au cinéma
Pensant : « Pourquoi devrais-je m'en faire ? »
Quand soudain le film se cassa

On n'est pas maitre de son destin
Mais on peut orienter sa voie
Soit tu choisis qui tu deviens
Soit tu te perds au fond de toi

Bourgeons du printemps   Marie-Christine

La jalousie a brisé mon avenir
Et depuis je ne cesse de souffrir
Elle m'a causé d'énormes torts
De la rancœur et des remords
La jalousie me fend le cœur, encore

Elle est partie sans un adieu
Adieu la fille aux cheveux blonds
Bonjour la vie, je fais le vœu
De ne pas mourir aussi con

La jalousie a brisé mon avenir
Et depuis je ne cesse de souffrir
Elle m'a causé d'énormes torts
De la rancœur et des remords
La jalousie me fend le cœur, encore

Et si parfois j'en rêve encore
J'ai tort

Je ne vais pas me faire des amies mais je pense que l'on peut aimer plusieurs personnes à la fois. Le cœur est assez gros pour ça. C'est juste la société qui nous restreint ainsi. On peut bien en haïr plusieurs en même temps alors pourquoi ne pourrait-on pas aimer simultanément deux voire trois personnes. Après, il faut pouvoir gérer et ce n'est pas gagné !
Peut-être faudrait-il passer un contrat dans le couple où l'on s'autoriserait ou pas l'infidélité. Pourquoi pas si l'entente est réciproque. Je lance l'idée. Quel député la rattrapera pour déposer une proposition de loi au parlement ? Chiche !

5. Je me la joue single

Quant à ne penser qu'elles
Finissent toutes infidèles
C'est bien fait pour ma gueule
Je me la joue single

Je suis un sombre fou
Qui se trouble d'amour flou
Pour une qui s'est tirée
Parti se faire tirer
Le portrait à walpé

Ma jalousie a ruiné notre amour
La seule richesse qui unit chaque jour
Les hommes et les femmes du monde entier
Alors, que suis-je dans cette immensité

Tu vois avec ma gueule
Je me la joue single

J'aurais aimé éteindre
Et sans jamais me plaindre
Nos plus sombres douleurs
Pour de vives couleurs

J'aurais aimé dans l'ombre
Que l'amour ne s'effondre
Et sentir dans nos cœurs
De nouveau le bonheur

Qu'il nous percute de boums et de bangs
Afin que les uns pour les autres tanguent
Qu'il nous entrechoque comme des comètes
Comme un météore sur la planète

Mais avec ma gueule
Je me la joue single

Il en faut de la gueule
Pour se la jouer single

Chapitre 5

Pénélope

À toutes les… Pénélope

Pénélope, c'est toutes les filles que l'on n'a pas pu baiser et que l'on nomme des salopes justement pour cette raison. Mais je tenais à leur rendre hommage car voyez-vous, quelque part, je les ai aimées, chacune à leur manière pour ce qu'elles sont, c'est-à-dire des filles dignes et belles. Et bien que de nombreux hommes les traitent de salopes de façon péjorative, moi je les aime et leur dédie ces textes affectueusement en précisant une chose, j'adore les salopes, les vraies salopes torrides qui me font suer tout mon amour afin que je devienne leur salop. Et j'ajouterai que si j'avais été une femme, j'aurais été une bonne salope moi aussi.

1. Le bon temps des bals

Dites-moi comment faire pour danser aux balcons
Ils ont cessé de faire danser les baloches
De toute façon ce n'était que des bals cons
Avec des mectons distribuant des taloches
Parc'que leurs meufs avaient du monde au balcon

Ils ont cessé de faire valser les baloches
Les mecs n'avaient plus de jus pour les valseuses
S'prenaient des gamelles sans rouler de galoches
À ces pimbêches, ces petites pisseuses
Qui jouaient à clochepied sans être vraiment cloches

C'était le bon temps des bals
L'bon temps où t'emballes que dalle
La demoiselle du samedi soir
Se frottait, puis… bonsoir
C'était le bon temps des bals
Où l'cœur s'emballe pour cent balles
Puis quand tu déballes, elle remballe
Et l'cœur s'emmêle pour cent belles
Qui n'entendent que les décibels

On s'prenait des râteaux sans rouler de pelles
Sur un air de java ou d'valse à mille temps
Le musette poussait l'air d'une ritournelle
Les canettes tournaient, on s'prenait du bon temps
Quand j'écoute ma zic, j'y repense un instant

C'était le bon temps des bals
Tu t'couchais avec la dalle
Elle te laissait sur ta faim
Après t'avoir dit l'mot fin
C'était le bon temps des bals
L'bon temps où t'emballes que dalle
La demoiselle du samedi soir
Se frottait, puis… bonsoir
C'était le bon temps des bals
Mais sonna le coup d'timbale
Car le bon temps n'a qu'un temps
Et cool, s'écoulent les printemps
C'était le bon temps des bals
Mais résonna le scandale
Les boites arrivaient enfin
Pour combler toutes tes faims
Et me donner l'mot d'la fin
Le bal est mort, hey go go en boite
Tagada tagada tsoin-tsoin

2. La tour est folle

La tour est folle
Un tour, je file
Et je m'affole
Cherchant la fille
Que j'aimerai tant
Pour une nuit
Passionnément
Toute la vie
Jusqu'aux tourments
De l'inconscient.

La tour est full
Sentiments, Tal
Chante « La Foule »
Pour le final.
La tour est folle
Autour ça soule
Sans tea menthol
Le monde est fool
Le monde est soul
Et jamais seul.

La tour frissonne
Faible elle vacille
Comme métronome
Que cette fille
Du métro nomme.
Un coup de Phil
Sur son Smartphone
Vibre servile
Son mec l'engueule
Moi je l'envole.

3. Un bibi

Juste un bibi et j'flashe
Sur « Une histoire d'1 soir »
Juste un baiser volé
Baiser olé olé

Un bibi ma chérie
Ma chérie, ma chérie
Un bibi habibi
Un bibi à bibi
Un bisou
Dans le cou
Ma chérie, habibi
Un bibi à bibi
Ma chérie, ma chérie
Un bibi habibi

Pour la photo poser
Pour « Le baiser » osé
De Souchon déposé
C'est un baiser salé

Un bibi ma chérie
Ma chérie, ma chérie
Un bibi habibi
Un bibi à bibi
Un bisou
Dans le cou
Ma chérie, habibi
Un bibi à bibi
Ma chérie, ma chérie
Un bibi habibi

Juste un baiser salé
Une plage abandonnée
Un bibi comme Bibi
« Tout doucement » chérie

Un bibi ma chérie
Ma chérie, ma chérie
Un bibi habibi
Un bibi à bibi
Un bisou
Dans le cou
Ma chérie, habibi
Un bibi à bibi
Ma chérie, ma chérie
Un bibi habibi

4. Pénélope

Pénélope, m'aimait à tout prix
Aujourd'hui, elle m'a même tout pris
Dans ma voiture elle est partie
Emportant avec elle

Mes médocs, mes habits
Mes violons, mes amis
D'Ingres, sans leur avis
La télé, mes envies
Me laissant à l'ennui
Dingue toute la nuit
Au lit des insomnies
Avec son chien Rusty
Bien qu'il soit très gentil
Se plait à y faire pipi

Pénélope est toute mon histoire
Mais voilà qu'elle change d'histoire
Me laissant au cafard
Sans bougie dans le noir

Pénélope, ahhh
Pénélope, allez hop !
Pénélope, ahhh
Pénélope, Pénélope
Je ne suis plus qu'une loque

Bourgeons du printemps   Pénélope

On veut m'aimer mais je m'en fous
J'veux pas qu'on m'aime, j'suis qu'un voyou
À savoir, je vous enverrai paitre
Allez voir ailleurs, j'y suis peut-être

Dans ma cave, l'alambic
Où je glisse alcoolique
Dans mon bain où je trique
Quand je suis électrique
Dans ma caisse quand je fonce
À deux cents je m'enfonce
Dans mon avion sans elle
Envolée à tire-d'aile
Qui parfois en courriels
Se plait complètement pourriels

Chapitre 6

Aline

Tendre Aline

J'ai une tendresse toute particulière pour Aline, bien que notre relation n'ait duré que quelques semaines. Je l'ai rencontrée en discothèque alors que j'étais DJ occasionnel au Roméo à Torvilliers, dans l'arrondissement de Troyes dans l'Aube. Le métier de DJ, c'est comme les grosses bagnoles, c'est peut-être cliché de le dire mais il attire les nanas.

C'est donc Aline qui est venue à moi, me regardant animer la soirée. Elle s'était accoudée sur le meuble haut de la sono, un peu penchée en avant, laissant découvrir son entrefesse sous le satin de sa robe longue, bleu turquoise si mes souvenirs sont bons. Je lui ai proposé un verre qu'elle accepta avec un sourire charmant. Nous discutâmes brièvement mais très vite, l'alcool aidant, je m'approchai d'elle par derrière et lui fit un baiser dans le cou. Le charme semblait opérer car elle ne dit mot, et comme le proverbe « qui ne dit mot consent » chantonnait dans ma tête, je m'approchai de plus près, ses fesses contre moi, et lui donnai un baiser torride qu'elle me rendit langoureusement.

Ce fut facile c'est vrai, mais que voulez-vous, on est beau gosse ou on ne l'est pas. LOL.

La suite fut une histoire banale de coucherie et de tromperie. Surtout de ma part.

Ensuite, j'ai rencontré Corine avec qui je me suis marié et de cette union naquit un magnifique enfant, Dylan.

Parfois je me replonge dans mes souvenirs où je vois Aline me sourire et lever les yeux au ciel. C'était son truc. Elle réfléchissait mieux en levant les yeux. Peut-être était-ce Dieu en personne qui lui soufflait la réponse.

Quoi qu'il en soit, cette fille, je l'aimais comme beaucoup d'autres avec qui je suis sorti. J'en aimais parfois plusieurs à la fois. Certains diront que ce n'est pas de l'amour. Faut-il souffrir pour savoir que l'on est amoureux ?

1. Groupie du DJ

J'en mis aux platines
Des tas de vinyles
J'en mis des Aline
Des tas dans ce style
Puis j'en mix un max
Genre femmes libérées
Sentant bon le sax
Comme celle d'à côté
J'en mis bien des tas
Aussi des plus belles
On m'appelait, crois-moi
Jean-Mix à la pelle

Te souviens-tu de moi
Jean-Mix aux platines
Jean-Mix le DJ
Je me souviens de toi
Tu étais ma groupie
Groupie du DJ
Oui toi, non pas toi
Retourne faire pipi
Y a pas d'place pour toi, dans mon lit

J'en mis dans mon pieu
Même celle dont j'rêvais
J'en mis ma main au feu
Elle m'dit qu'elle m'aimait
Jean-Mi, t'es un dieu
M'disait-elle sans cesse
Quand j'la bectais des yeux
Ou lui prenais ses fesses
Mais le souvenir
Que j'ai de cette fille
Son charmant sourire
Qui encore m'émoustille

Te souviens-tu de moi
Aux platines Technics
Le DJ Jean-Mix
Je me souviens de toi
Tu étais ma groupie
Groupie du DJ
Toujours derrière moi
À m'toucher l'kiki
M'donner envie de toi, au lit

Allez viens baby
Viens me retrouver
J'perds mon alphabet
Jean-Mix est paumé
Allez viens baby
À deux c'est plus gai
J'ferai plus d'quolibets
Jean-Mix fait la paix

2. Go, go, go

Six heures du mat'
J'suis fatigué
Je fume une clope
Et j'vais m'coucher
Quand j'me réveille
Il est treize heures
Encore sommeil
Mais t'as vu l'heure !?!

Hum ! Je bois quelques caouas
Ce sont des caouas à qui ?
Mais à qui sont ces caouas ?
Sont-ils bien ou bien, très mal acquis ?

Go, go, go
C'est l'heure d'y aller tout de go
Allez, allez, allez
C'est l'heure de s'ambiancer

À quatorze heures
J'ai pris ma douche
Un croissant beurre
En amuse-bouche
Je fonce en scoot
Chez ma souris
Oui c'est un scoop
J'ai une chérie

Elle se maquille
Devant la glace
Et puis s'habille
Putain, quelle classe
Même pas le temps
Pour un câlin
J'suis impatient
De prendre le train

La patience est une vertu
Et l'impatience se milite
Je suis content d'être venu
Mais ma patience à ses limites

Go, go, go
C'est l'heure d'y aller tout de go
Allez, allez, allez
C'est l'heure de s'ambiancer

À vingt-deux heures
On sort du train
Un jambon beurre
Calme notre faim
Puis un taxi
Nous dépose cool
Au Galaxy
Putain, ça roule

Et j'entends cette musique
Cette muzak c'est d'la zic d'ascenseur
Ce n'est que de la musique
Pour captiver l'con, l'consommateur

Go, go, go
C'est l'heure d'y aller tout de go
Allez, allez, allez
C'est l'heure de s'ambiancer

J'passe aux platines
DJ Jean-Mix
J'câline Aline
Et l' « Instant X »
Je lance un rap
Puis de la funk
Et ça dérape
Sur de la punk

Écoute ma zik
Yeah, j'mets le son
Ça vient d'Afrique
C'est du gros son
Pas d'la musique
D'Yvette Horner
C'est du basique
Pour les boomers

Comment frémir sur la piste
Ton verre collé sur tes lèvres
Boire ou danser, t'as l'choix l'artiste
Hey DJ, mets-nous la fièvre

Go, go, go
C'est l'heure d'y aller tout de go
Allez, allez, allez
C'est l'heure de s'ambiancer

3. Aline

Aujourd'hui je mixe les pleurs
Les filles fondent comme du beurre
Dans mon shakeur aux notes chiadées
Je scratche des bisous salés

Pour moi tu étais un quatre-heures
Un encas pour ma bonne humeur
Tu vois tu étais un passetemps
Mais ne pleure pas pour autant

Aline, crois à mes mensonges
Aline même dans tes songes
Pour m'attirer non n'use pas
Ma muse de tes pleurs en appâts

Sinon je vais fondre comme le font
Les filles sortant de leurs tréfonds
Les pires angoisses, les pires peurs
Comment ferais-je pour faire mon beurre

Aline, crois-moi quand je dis
Que je te laisserai jeudi
Nue sur la plage d'Étretat
Alors pourquoi t'en fais des tas

Aujourd'hui je mixe les pleurs
Comme par hasard c'est ton quart d'heure
Je te disais je t'aimerai
Toujours toujours je t'aimerai

Aujourd'hui le futur est là
Vois mon cœur il est avec toi
Tu sais je t'aime Aline, en vrai
Je t'aime encore je t'aimerai

4. Putain ce que j'étais con

En elle c'était du super
J'l'arrosais même en hiver
On n'se prenait pas la tête
La vie était super chouette

Elle me disait toujours oui
Pour me sucer les kiwis
Elle ne disait jamais non
Elle me bouffait même l'ognon

Putain ce que j'étais con
De la laisser partir, con
Je n'ai pas su la retenir
Comment pourrait-elle revenir

Elle me disait toujours oui
Pour me sucer les kiwis
Elle ne disait jamais non
Elle me bouffait bien l'ognon

J'aurais dû la retenir
Mais voudra-t-elle revenir
Je l'ai laissée partir, con
Putain ce que j'étais con

En elle c'était du super
J'l'arrosais même en hiver
Putain ce que c'était bon
Putain ce que j'étais con

5. Souvent sous le vent

Au Roméo, j'ai pécho des sardines
Et moi aussi haut j'ai crié Aline
Je donnerai tout ce que j'ai gagné
Pour revoir mon petit bout du passé

Mon miroir sait refléter son absence
Je ne réfléchis pas mais quand j'y pense
Il pourrait bien oublier mes absences
Que le temps parait long si l'on y pense

Car souvent sous le vent
Soulevant des montagnes
Recherchant ma compagne
Sur tous les continents
Je rêve ma belle aux vents

Vit-elle d'émois sa vie aujourd'hui ?
Est-elle en sursis, a-t-elle un mari ?
Pense-t-elle à moi certains jours de froid,
Certains jours de pluie quand il n'est pas là ?

Car souvent sous le vent
Soulevant des montagnes
Parcourant sa campagne
Sous les vents dominants
Je rêve ma belle aux vents

Suis-je un débile indélébile encore
D'avoir un tatou d'elle sur mon corps ?
Est-ce débile que l'indélébile tatou
Soit gravé sur mon corps un peu partout ?

Si un temps sous le vent
Je retrouvais la gagne
Aux bras de ma compagne
Intense et sans tourments
M'aimerait-elle autant ?

Le vent me l'a soufflée
Le temps nous a perdus
Mais mon rêve revenu
Là ma belle envolée
Reste dans mes pensées

Chapitre 7

Corine

Coco

Coco d'une larme de croco me dit un jour qu'elle ne m'aimait plus. Quoi de plus banal à notre époque, l'amour épique nous pique le cœur pour celle qui nous tient à cœur. À pic je tombe sur le carreau et ploc ! Fait le bruit de mon cœur très fleur bleue. Quelle drôle d'odeur ce ploc ! Il laisse un gout amer sur les mains et l'on n'entend plus rien quand on regarde au loin.

C'est une trace indélébile qui nous laisse débile un certain temps mais que l'on conçoit dans ce même lapse de temps. On se laisse choir à la renverse, on abandonne, on renonce. On s'abandonne, on se défonce. Pour l'un c'est l'alcool, pour l'autre les drogues. Qui sait comment la vie va, quand son amour s'en va, quand son cœur nous laisse le cœur las.

Mais la plus belle trace que garde un grand amour, c'est les gènes laissés comme un essai transformé. Le plus beau cadeau de ma vie, Dylan mon cher petit, devenu grand aujourd'hui.

Coco a sublimé mon passé d'un futur que je ne pourrai oublier.

À Coco

1. Pas facile

Laisse le passé dépasser l'avenir
Laisse le futur dépassé à présent
Laisse-moi passer inconditionnellement
Le temps d'écrire ce qu'il reste à mourir
Laisse-moi vivre intemporellement

J'veux pas briller comme les étoiles filantes
J'veux pas griller comme un steak sur la tranche
J'veux pas me parer de pierres tranchantes
J'n'ai pas l'âme pure, mais dégoulinante

Laisse le passé m'dépasser sans m'prévenir
Laisse-le passer, pense à moi tout le temps
Rêve-moi, aime-moi éternellement
Laisse-moi courir mes nouveaux souvenirs
Laisse-moi vivre intemporellement

J'suis pas comme-ci, je n'serai jamais comme-ça
J'suis pas ce que tu voudrais faire de moi
J'suis pas facile, je n'suis pas fait pour toi
Un peu débile mais j'fais gaffe aux dégâts

Laisse le futur m'encombrer d'avenir
Laisse-le déchirer mon passé troublant
Garde-toi c'qu'il te reste de vivant
Laisse-moi passer à présent, j'veux sortir
Laisse-moi vivre intemporellement

Bourgeons du printemps   Corine

J'suis pas facile, gaffe à toi mon trésor
Quel imbécile, comment dire, prudence
Accélère le temps sur une autre danse
Valse le rock, comme en « Dear Doctor »

2. Je chante l'amour

Divorcé de celle que j'aimais
J'ai déversé toute ma colère
Dans un torrent de larmes amères
Refermé sur moi à jamais

Mais aujourd'hui c'est l'éclaircie
Puisque ces larmes, mon cœur oublie
Je chante l'amour quand vient l'envie
La vie est belle, je lui souris
Elle me sourit aussi

Chapitre 8

Dylan

À toi

Tu n'auras pas à pleurer sur « Mon vieux »
Puisque l'on a réussi tous les deux
À trouver le temps et l'envie un jour
De parler de nous, d'éteindre ce feu,
Notre désamour, les yeux dans les yeux

On aura beau dire
On aura beau faire
Mais la vie d'un enfant pour un père
C'est l'amour du risque sans Jennifer

On pourra bien rire
Pleurer des rivières
Puisque l'on est trop fier d'être père
Et largué lorsqu'ils se font la paire

Peu importe à présent
Le temps est bon pour toi
Le soleil du printemps
Bronze l'horizon, vois
Ma vie s'éclaire en toi
Partout je suis à toi

Les aztèques te le rappelleront
D'être impeccable sur la forme et le fond
De ne prendre ni bien ni mal pour toi
De ne pas supposer des faits boiteux
Et, ni plus ni moins, de faire de ton mieux

Bourgeons du printemps   Dylan

On aura beau dire
On aura beau faire
Sais-tu que personne n'est exemplaire
Pas même le mari de Jennifer

On pourra bien rire
Pleurer des rivières
Si la femme est l'avenir de l'homme
Toi tu es mon avenir bonhomme

Chapitre 9

Claire

1. Un rayon de soleil

Le soleil pleure sa chaleur dans nos cœurs
Il nous envoie ses éruptions d'amour
La terre lui sourit c'est un vrai bonheur
La lune s'éclipse sous un abat-jour
Sa jalousie lui donne mal au cœur

Bronze le ciel sous le soleil couchant
Gronde la terre sous les pieds des passants
Roule le vent sur les joues des enfants
Vole en poussières mon beau nuage blanc
Neige ton miel sur les boules d'antan

Transpercé par un rayon de soleil
Lancé tel une flèche sur ma trajectoire
Un fameux coup tiré par l'arc-en-ciel
Venant traverser mon épais brouillard
Je vu un peu plus Clair à mon réveil

2. En clair

Si je t'écoute Claire comme une sirène
Je succombe à ton charme tout comme Ulysse
Tu te nourris de mon âme sereine

Si je te mate Claire comme un S.S.
Tu me changes vite en statue de pierre
Comme médusé d'amour pour une déesse

Si je te flaire Claire, comme je t'inspire
Tu fonds en moi en parfum malin
Inspiratrice de tous les empires

Si je te goute Claire comme l'eau de roche
Tu me noies dans le lit de ta rivière
Goutte à goutte sans que ma vie s'accroche

Si je te touche Claire tu t'évapores
Comme le font les âmes en fin de vie
Tu te dissipes au travers de tes pores

Si je te couche Claire tu mens clairement
Ma matière grise entre dans la lumière
En clair, je réfléchis profondément

3. Claire

Au fond de tes yeux un éclair
Me foudroie du fond de l'azur
C'est comme un rayon de laser
Éblouissant mon monde obscur

Je te vois seule et tu m'éclaires
J'imprime ton regard bleu azur
En mémoire volent mes idées claires
J'imprime ton image d'encre pure

Il est clair, je ne suis personne
Une personne bien ordinaire
Mais tu as des yeux comme personne
Comme personne je saurai te plaire

Car tes yeux bleu clair m'impressionnent
Comme ceux d'une reine et tu l'es Claire
Dans ton image je tourbillonne
Hypnotisé car tu m'éclaires

Éclaire-moi de tes lumières
Éclaire-moi le chemin
Ouvre-moi les yeux Claire
Éclaire-moi mon destin

Mais hier dans la clairière, Claire
Tu as couru chez le notaire
Pour tirer les choses au clair, Claire
Limpide comme l'eau de roche, c'est clair

N'y avait-il que le notaire ?
J'aimerais y voir un peu plus clair
Mais tout ça n'est pas très clair, Claire
As-tu tiré les choses au clair ?

As-tu vu le clerc du notaire ?
Mais dis-moi, qu'as-tu tiré, Claire
Est-ce sa fermeture éclair ?
Comment vas-tu t'en tirer, Claire ?

Car t'as tiré les choses au clerc ?
J'entends clairement, quand tu mens, Claire
Maintenant j'y vois un peu plus clair
Dans tes yeux bleus, dans tes yeux clairs

Éclaire-moi de tes lumières
Éclaire-moi le chemin
Ouvre-moi les yeux Claire
Éclaire-moi mon destin

J'aimerais tellement que tu t'en ailles
Plutôt que d'être sur la paille
Je préfère que l'on s'encanaille
Viens vite me mettre sur la paille

C'n'est pas très clair, c'est bien obscur
Clairsemé de bruits, de murmures
J'ai goutté bien des fruits trop mûrs
Alors méfie-toi de l'obscur

Leur langue distille des courants d'air
Parait, disent-ils, qu'ils vont s'en faire
Des couilles en or, ah ! des couilles en l'air
Ils payeront cher car tu m'es chère

Éclaire-moi de tes lumières
Éclaire-moi le chemin
Ouvre-moi les yeux Claire
Éclaire-moi mon destin

Les ombres s'éclaircissent au matin
Et dans tes yeux je vois enfin
De la lumière sur mon chemin
Il est bien plus Claire mon destin

4. Pas facile de partir

Parer pour prendre le large
Et naviguer très loin d'elle
Voguer vers d'autres rivages
Quitter toutes nos querelles

Pour jouir d'autres paysages
Des journées beaucoup plus belles
Une traversée, un voyage
Pour oublier ses prunelles

Je n'ai comme seul équipage
Mon carnet de bord fidèle
Où l'angoisse tourne la page
De cette histoire irréelle

Mais pas facile de partir
Quand on aime à en souffrir
Comment rêver en guérir
Quand on ne fait que chérir

Et si pendant le voyage
J'abordais une tourterelle
Pour écrire une autre page
Tourner celle-ci cruelle

En rimant à l'arrimage
M'accostant à côté d'elle
La prenant à l'abordage
La faisant jouir de plus belle

Bourgeons du printemps — Claire

Pourrais-je larguer les amarres
Prendre une goélette sans elle
Jeter l'encre sur mon buvard
Pour écrire une ritournelle

*Mais pas facile de partir
Quand on aime à en souffrir
Comment rêver en guérir
Quand on ne fait que chérir*

À quoi bon mettre les voiles
Pour griller sur une plage
Où le soleil est l'étoile
Qui t'amènera au naufrage

Capeler tous mes cordages
Au corps sage d'une belle
Corsaire rebelle au corps d'âge
Mûr pour être au naturel

Comme une bite d'amarrage
Prise pour l'image sexuelle
Comme une moule, un coquillage
Collant aux langues plurielles

*Mais pas facile de partir
Quand on aime à en souffrir
Comment rêver en guérir
Quand on ne fait que chérir*

Bourgeons du printemps   Claire

Je dois hisser haut les voiles
Dire goodbye à cette page
Livrer une bataille navale
Qui n'avale pas mon courage

Je change de cape et d'épée
Le cap vers des vers en rimes
Je me laisse dériver
À contrecourant, m'escrime

Mise à bord de ce poème
Échouée comme une épave
Une ile chante qu'elle m'aime
Me libérant de mes entraves

Mais pas facile de revenir
Quand on l'aime à en mourir
Un jour on pourrait sombrer
Chavirer comme chat viré

Je rêvais d'un grand voyage
Mais ma louve si sage voyez
Parmi ces corps aux corsages
Je ne fais que louvoyer

Mon sextant à l'horizon
Tant et tant que sur la quille
Mon navire est ma prison
À onze mille verges des filles

Chapitre 10

Eva

1. La féri dondaine

Imagine-toi Guillaume Tell
Prenant pour cible la pomme d'Adam
Prenant pour flèche la tour Eiffel
Prenant son temps en la tirant

L'empennage comme des jambes frêles
L'encoche sur la corde tendue
Quand de sa pointe effilée Tell
Toucha la pomme qui se tue

Elle a féri dondon
La féri dondaine
Elle a féri dondon

Il a fait carreau, a fait mouche
En pleine pomme, en pleine bouche
Car de son carreau, il la touche
Et depuis aucune langue ne fourche

Mais Tell est pris qui croyait prendre
Il pensait pouvoir la croquer
Mais en la personne à pourfendre
Eva se fit déglutiner

Elle a féri dondon
La féri dondaine
Elle a féri dondon

La corde raide fut détendue
Puis il lâcha son arbalète
Et lança à gorge que veux-tu
À Eva rendue muette

« Si Tell est le prix à payer
Si je dois en payer le prix
Ma pomme d'amour, viens me tuer
Car Tell est l'amour dans l'écrit »

2. Évadez-moi

Je n'ai pas déchiffré
Vos mots d'amour fléchés
Sous l'arc de cupidon
Non, je n'ai pas ce don

Je n'ai rien entendu
Mon enclume s'est fendue
Par un coup de marteau
M'assommant aussitôt

Eva, évadez-moi
Avec vous d'émoi
Avec vous Eva
Évadez-moi des mois

Sans vous je n'suis plus rien
Sans vous sur mon chemin
Oh oui Eva d'émoi
Eva, évadez-moi

Je n'ai pas vu l'amour
Forcément comme toujours
Que vous portiez pour moi
Je suis myope parfois

Je n'ai pas ressenti
À cet instant précis
Dans ce baiser volé
Votre désir osé

Je rêve d'évasion
Avec vous des mois
Je rêve de passion
Avec vous d'émoi
Des rêves de fusion
Avec vous Eva
Eva, évadez-moi

Évadez-moi des liens
Eva, des va-et-vient
En vous là je me vois
En explosion de joie

Eva, évadez-moi
Avec vous d'émoi
Avec vous Eva
Évadez-moi des mois

Sans vous je n'suis plus rien
Sans vous sur mon chemin
Oh oui Eva d'émoi
Eva, évadez-moi

Chapitre 11

Élodie

1. Élodie

Allo ! Aloha Élodie
Élodie, oh, hey ho
Élodie, oh, ma mélodie
Mélodie à l'eau, à l'eau
Allo ! Aloha Élodie
Élodie, oh, hey ho
Élodie, oh, ma mélodie
Mais Élo dit allo, allo

Ma mélodie, allo Élodie,
Tombée dans une histoire mélo
Ma mélodie, hello Élodie,
Est tombée dans le mélo

Ma mélodie, Élo Élodie,
Se jouait sur une histoire d'eau
Je tombe ta robe et ton body
Jeu do ré mi sur ton do

Jeu d'eau, de ça d'eau, et ça dit que
Sur ton corps de rêve j'ose des choses
Inavouables, qui n'sentent pas l'eau de rose
La fa do mélancolique

Si sur ton corps de l'eau de vit coule
Comme un beau jet d'eau de Meyrin
De fines gouttelettes dorées roulent
Et viennent parfumer tes seins

Allo ! Aloha Élodie
Élodie, oh, hey ho
Élodie, oh, ma mélodie
Mélodie à l'eau, à l'eau
Allo ! Aloha Élodie
Élodie, oh, hey ho
Élodie, oh, ma mélodie
Mais Élo, dis-moi si c'est beau

Ma mélodie mélimélo, dis,
Élo, dis-moi, belle Élodie,
Dis ce que tu penses pêlemêle, ô dis
Si tu maudis mes mots dits

Dis, Élo de l'eau, de l'eau de pluie
Mets l'eau de là, mêle l'eau d'ici
Ça ne sera pas le paradis
Si tu ne mets l'eau, dis,

Si je pars sans ailes au paradis,
Élo, dis, est-ce que tu me suis ?
Je sais bien que c'est de la folie,
Mais la folie m'guette, Élodie

Oh mais dis-moi oui, belle Élodie
Comment te mettre dans mon lit
Si tu n'dis pas oui à la folie
Mais pourquoi tu t'enfuis ?

Élodie

Allo ! Aloha Élodie
Élodie, oh, hey ho
Élodie, oh, ma mélodie
Mélodie à l'eau, à l'eau
Allo ! Aloha Élodie
Élodie, oh, hey ho
Élodie, oh, ma mélodie
Mais Élo dit pas beau, pas beau

À présent fini les histoires de Q
Je rêve d'histoire d'A, d'histoire d'O
Pourquoi pas aussi d'histoire d'I
La do ré, la do mi

J'enrobe mes mots pour ne pas qu'elle sache
Improbe, j'me cache mais elle sourit
Elle se dérobe, ne veut pas d'attache
Pas de jeux d'O dans son lit

Alors je dérobais Élodie
Et l'ai mise nue dans mon lit
Mais là, ma belle prit peur et s'enfuit
Élodie s'est enfuie

Élo est partie dans cette Audi
Rejoindre son amant dans l'auto
Depuis j'suis dans le mélo, Élo,
La seule la si la sol si

Allo ! Aloha Élodie
Élodie, oh, hey ho
Élodie, oh, ma mélodie
Mélodie à l'eau, à l'eau
Allo ! Aloha Élodie
Élodie, oh, hey ho
Élodie, oh, ma mélodie
Mais Élo dit que c'est fini

[En parlant]

Élo m'a laissé un petit mot
Griffonné sur le coin du bureau

[Avec un accent british]

« Espèce de salle eau part dans la Nauze
Parc' que ça ne sent pas la rose
Je n'peux plus la sentir in the nose
J'préfère les histoires à l'eau d'rose »

J'ai crié qu'elle revienne Élodie
Mais l'Audi s'est enfuie
La mi, la sol, la do ré do mi
Élodie, ma Melody

Je t'ai mélodie dans la peau
Ma mélodie nait le son

2. Ma petite anglaise

Ma petite anglaise
Fila à l'anglaise
Un soir de pleine lune
Avec ses valises
Remplies d'infortune
Sans raison précise

Sur l'autre trottoir
Juste pour savoir
Qu'elle ne filait pas
Un mauvais coton
Je la filais, pas
Après pas, quel con !

Jusqu'Anvers je crois
Où à mon endroit
Elle s'enfila Pat
Me laissant baba
Sans fil à la patte
À l'envers de moi

À la Saint Patrick
Comme c'est romantique
Quand il me revient
Des souvenirs cycliques
Je noie mon chagrin
Dans un rhum antique

Bourgeons du printemps Élodie

Pas de mise en bière
Ni aucune prière
Juste une mise en bouche
Pour un solitaire
Ma dernière cartouche
Pour me faire la paire

Chapitre 12

Katy

1. À Monceau

Dans un palais très couteux
Où je travaillais très peu
J'emballais avec plaisir
Des femmes prêtant à sourire

À Monceau l'une sourit
De mes monceaux de conneries
À Monceau je lui souris
Puis elle devint ma souris

Elle fut une bonne complice
De mon vicieux vit réglisse
En son palais fabuleux
Elle me trouva sirupeux

Que depuis dans notre lit
Queue lui parle de folies
Con illumine mes nuits
On oublie nos insomnies

2. Végéter

Je suis végétarien
Mais ne végète en rien
À quoi bon tégévé
Rien ne sert de bouger
Sans se remuer le train

Ne te fais plus de bile
Ta cuisine a du style
Tes petits plats d'antan
Se fondent dans les grands
Vas-y, cuisine tranquille

Fais-moi donc mijoter
Le temps d'un sablier
À ta sauce piquante
Ta cuisine savante
Pour mon palais bouche bée

Pas de mets trop couteux
Dans mon palais gouteux
Mais quelques gouttelettes
De ma belle amourette
Pour mon palais laiteux

3. Un d'ces quat', deux feront dix

Un de ces quat' matins
Je filerai outre-manche
En 4x4 dans le train
Cloué entre quat' planches

Mais en attendant l'heure
Je fais les quat' cents coups
Aux quatre vents sans peur
Je passe de Katmandou

Aux quat' coins de la Terre
Je visite Gandhi
J'm'abreuve ses prières
La semaine des quat' jeudis

Aux quat' points cardinaux
Je marche sans savates
Je fonce dans le panneau
Fais quat' pas à quat' pattes

Autour des quat' saisons
À quatre épingles tiré
Me coupe en quatre et ponds
Mes quatre vérités

Je tourne sur le monde
Avec mes quatre mioches
On creuse une grande tombe
Avec nos pelles, nos pioches

Pour enterrer l'histoire
De la faim du tiers-monde
Avec des quatre-quarts
De la part de tout l'monde

Et au quatre-heure, d'orgueil
J'irai cueillir le cœur
D'un trèfle à quatre feuilles
Qui fera mon bonheur

Tu peux manger comme quatre
À quatre pas d'ici
Être pliée en quatre
Délicate Katy

J'te l'dis entre quat'z-yeux
Katy c'est la cata
Fais ton caca nerveux
Cela ne tient qu'à toi

Tu verras bien qu'un jour
Un de ces quat' matins
La plus belle preuve d'amour
Comme tu comptes si bien

La plus belle preuve par trois
Sera l'épreuve à dix
Nos mioches et toi et moi
Un d'ces quat', ferons dix

Entre ces quatre murs
Tu saignes aux quatre veines
Revêts donc ton armure
Abats tes quatre reines

J'irais aux quatre fers
Si tu veux me châtier
Et je saurais te faire
Tes quatre volontés

Les quatre fers en l'air
Je pourrais tout t'avouer
Si tu sais bien y faire
À quatre mains en jouer

Avec toi sans mystère
J'irai par quat' chemins
En musique je préfère
Un concert à quat' mains

Pour monter quatre à quatre
Les barreaux de l'échelle
J'essuierai tous les plâtres
Sans tomber les bretelles

Tu verras bien qu'un jour
Un de ces quat' matins
La plus belle preuve d'amour
Comme tu comptes fort bien

Bourgeons du printemps   Katy

                     La plus belle preuve par trois
                         Sera l'épreuve à dix
                        Nos mioches et toi et moi
                        Un d'ces quat', ferons dix

                     Un d'ces quat', deux feront dix

4. Dessous le Pont des Arts

J'ai retrouvé la clé
De notre amour secret
Elle s'était bien cachée
Dans les eaux qui passaient
Dessous le Pont des Arts

Mais le cadenas parti
S'étant seul détaché
Ou bien gras un mardi
S'est sans doute fait sauter

Mais à quoi sert une clé
Si l'on est sans cadenas
Alors je l'ai jetée
Au fond de l'eau qui va

Et puis je suis parti
Espérant oublier
Oublier l'interdit
D'un secret bien gardé
Dessous le Pont des Arts

5. Un passe ou c'est l'impasse

Elle venait tout droit de Calais
Quand j'ai calé juste à minuit
J'ai mis ma langue dans son palais
Lui chantant l'accent du midi

Je lui dis l'aimer très très fort
Mais qu'elle se lasserait de moi
Si je l'aimais vraiment trop fort
Quelle se détacherait de moi

Elle est belle comme une DeLorean
Elle est le jour, je suis la nuit
Comme le temps d'un jour se fane
Belle de jour, elle fuit la nuit

« As-tu un passe ou c'est l'impasse ?
Dit-elle en tuant le temps passé.
L'amour se tasse et puis se casse
T'aurais pas dû perdre la clef !

As-tu un passe ou c'est l'impasse
Et je retourne à mon présent.
Vite avant que je ne me lasse
De ton passé présentement ! »

La citrouille est venue la chercher
Elle eut la trouille puis elle s'enfuit
J'aurais mieux aimé visiter
Son palais mille et une nuits

Mais comme le temps du sablier
Est si petit, parfois maudit,
Il coule sans nous faire oublier
Que l'amour est une maladie

Chapitre 13

Lili

1. You're a joker

Je voudrais satisfaire les desiderata
De ma sublime maitresse, ma désirée rasta
Mais j'ai peur que l'on fouine comme un rat l'errata
Pour affirmer qu'une seule de ses idées rata

J'ai fabriqué son livre moi le bookmakeur
Je parie que certains la connaissent par cœur
Mais je ne vais pas jouer sa vie au strip-poker
Comme elle, j'aime le reggae et ne suis pas rocker

Are you playing a joke on me
I love reggae, I love reggae
I'm not off one's rocker
I love reggae, I love reggae
You're a joker

Ma Lili est du genre de celle qui a d'la classe
Elle aime danser la nuit, elle ne tient pas en place
Quand elle danse le reggae, on n'reste pas de glace
Car elle balance ses fesses, elle a une telle audace

Mais ne va pas lui jouer « Le coup d'soleil » ici
Je danse sur le reggae et ma maitresse aussi
C'était un coup pour rien, pas très bien réussi
T'es un bon farceur mais tu te l'es pas farcie

Are you playing a joke on me
I love reggae, I love reggae
I'm not off one's rocker
I love reggae, I love reggae
You're a joker

Je voudrais satisfaire les desiderata
De ma sublime maitresse, ma désirée rasta
Alors j'vais oublier que ta farce rata
Et j'vais aller danser sur sa musique rasta

2. Un p'tit coucou

Au son de l'ouïe Armstrong jazzy
Un air de blues qui m'éveille
Ce blues inouï nuit à l'ennui
Et à vue d'œil nous émerveille

Il rythme and blues et les gosses pèlent
Sous le soleil de ses blues notes
Et la crème des crèmes se rebelle
Disant en luisant qu'elle est hot
Hot pour un massage à l'hôtel

Je viens te faire un p'tit cou
Un p'tit cou, un p'tit coucou
Pour avoir plein de bisous
Plein de bisous dans le cou
Ça vaut vrai, ça vaut vrai
Ça vaut vraiment le coup

Couleur caoua quand rien ne va
Tu broies du noir en désespoir
Ton cœur Lili est bien trop las
Tu deviens noir à force de boire

Qui donc se fait un café crème
Sait comme ça enjolive la vie
En live enjoy ta life suprême
Supprime l'angoisse de tes nuits
Oh de tes nuits blêmes à l'hôtel

Venant te faire un p'tit cou
Un p'tit cou, un p'tit coucou
Tu m'as fait plein de bisous
Plein de bisous dans le cou
Ça vaut vrai, ça vaut vrai
Ça vaut vraiment le coup

Tu m'as fait plein de bisous
Plein de bisous dans le cou
Ça vaut vrai, ça vaut vrai
Ça vaut vraiment le coup

3. Ma p'tite Lili

Je veux te dire Lili
Assez ! P'tite fleur des prés
Assez de toi dans mon lit
Assez ! P'tite liliacée

Car tes états d'âmes me minent
Et j'en perds mes vitamines
Plus ton moral me domine
Plus j'en perds mon étamine

La p'tite fleur s'est transformée
Elle s'est changée en dionée
A enclos ma liberté
Au cœur de sa cage dorée

Ma p'tite fleur a changé
Car son cœur s'est fermé
Ma p'tite fleur a changé
Sa douleur est restée
Ma petite fleur des prés
Petite liliacée
Ma p'tite Lili, assez !

Je ne pense qu'au renouveau
Tu me retiens brillamment
Prête à flatter mon égo
Pour me nuire éternellement

Tu voudrais bien m'enchainer
Comme le chêne pour 1000 ans
Tu veux quoi ? M'enraciner ?
M'enterrer de mon vivant ?

Tu te cramponnes, « t'accrobranches »
Comme le liseron volubile
Tu voudrais que je m'épanche
Mais je suis genre volatile

Ma p'tite fleur a changé
Car son cœur s'est fermé
Ma p'tite fleur a changé
Sa douleur est restée
Ma petite fleur des prés
Petite liliacée
Ma p'tite Lili, assez !

C'est l'enfer, je suis damné
Et prisonnier de ta chair
Bien sûr, j'ai dû succomber
À tes caprices pour te plaire

Te laissant me torturer
Subir tout ça sans rien dire
Liberté du condamné
Me condamner à souffrir

Ma p'tite fleur a changé
Car son cœur s'est fermé
Ma p'tite fleur a changé
Sa douleur est restée
Ma petite fleur des prés
Petite liliacée
Ma p'tite Lili, assez !

Ma p'tite fleur a changé
Car son cœur s'est fermé
La fleur s'est transformée
S'est changée en dionée
Enclos ma liberté
Dans sa cage dorée
Alors j'en ai assez

Et je lui ai dit : Assez !
De te pendre à mon cou
J'en ai vraiment assez !
De me mettre à genoux

Stop ! Petite fleur des prés
Fini mon corps dans ton lit
Stop ! Liliacée, assez !
Je suis lassé, ma Lili

Va donc sur tes guibolles
Danser le rock'n roll

Chapitre 14

Brigitte

1. Quel cul !

Oh quel cul ma Brigitte, oh oui quel cul tu as
Oh oui quelle chance tu as d'm'avoir eu dans tes draps
Putain, ton cul Brigitte quand tu l'balances comme ça
Tu fais gonfler très vite ma bitte aime bien ça

Oh Brigitte, Brigitte
Nos parties d'jambes en l'air
Me vidant mes affaires
Nos orgies tard le soir
Retour sur grands boulevards

Oh Brigitte, Brigitte
Rappelle-toi à walpé
Nos nuits parties carrées
Puis revenus sans un rond
Sans retenue mais bien ronds

Oh Brigitte, Brigitte
Nos soirées en triangle
Pour adoucir les angles
Nos baises en parallèle
Quand l'amour bat de l'aile

Que d'amours diluviennes quand les souvenirs s'en mêlent
Queue d'amour quand je t'aime et lorsque l'on s'emmêle
Oh oui toi ma Brigitte, oh oui quel cul tu as
C'est un cul de Brigitte mais tu ne m'auras pas

2. Si ta mère s'en mêle !

À la porte de l'inconscient
Si je conçois qu'on soit deux
Qu'on y soit, l'autre consent
Même qu'on s'emmêle un peu

Si le con sentant consent
Queue, le pieu condescendant
Et seulement s'il consent
Entre dans son con cédant

Le consensus évidant
Le con sans suce est vivant
Le con prend bien en dedans
Le con s'en mêle éprouvant

Le con sanguin consentant
Dit qu'on s'entend à merveille
Ô merveille, queue, con sentant
S'entendent mais ta mère veille

Aïe ! Aïe ! Aïe !
Aïe ! Aïe ! Aïe !
Si ta mère s'en mêle !
Aïe ! Aïe ! Aïe !
Aïe ! Aïe ! Aïe !

Que le premier con venu
Se laisse traiter de con
Sans la moindre déconvenue
Comme un voyeur au balcon

Pourvu qu'il nous fasse confiance
Mais qui donc pense que c'est con
De rimer con en quinconce ?
Bienvenu à tous les cons

L'inconnue continue
Mais un temps infini
L'un connu l'autre conne nue
Infiniment son lit

Sans aucune déconvenue
À la porte de l'inconscient
Sans aucune déconvenue
Qui comprend queue, son con sent

3. C'est mathématique

J'ai voulu mater ma tique
Mais elle a pris la tangente
Eh oui, c'est mathématique
Opération outrageante

J'avais les sinus bouchés
Je n'ai rien senti venir
Quand le facteur est passé
Pas d'odeurs pour me prévenir

Mais juste en bas de ma rue
La solution au problème
En une charmante inconnue
Me draguant vraiment sans gêne

J'ai dû l'aimer à mains nues
Pour résoudre l'équation
Et cette charmante inconnue
M'a donné la solution

Du triangle elle sait en jouer
Et de son cercle d'amis
Pour une partie carrée
Dans un carré V.I.P.

Et dans ce carré magique
En parallèle prise à droite
Une diagonale romantique
À l'intersection étroite

Quand soudain je l'aperçus
Sous la lumière tamisée
Sur la peau d'une ingénue
Et j'en restais médusé

Ma tique s'en fit un régal
Pompant à bouche que veux-tu
Pour moi tout ça m'est égal
Vu le nombre d'inconnus

Lorsque je matais ma tique
C'était l'amour absolu
Alors les mathématiques
Après ça ne comptent plus

J'ai dû payer l'addition
Je n'étais plus qu'un produit
De pure consommation
En somme qu'un être en sursis

Une relation sans suite
Puisque sans rapports au corps
Une relation prend fuite
Même si bien sous tous rapports

Et sans ses coordonnées
Je n'ai plus aucune chance
Tout ce qu'elle m'aura donné
Est son air d'indifférence

Et la probabilité
De la revoir est moins sûr
En termes de fiabilité
Que de prendre des mesures

Pour être déterminant
Si un soir dans l'hypothèse
Où je la croise levant
Un gentilhomme à son aise

Je la prendrais sans contrainte
La soustrayant à ce mâle
Ayant le vice dans l'étreinte
De la douleur qui fait mal

Une fraction de seconde
Avant que l'homme ne l'explose
Que de bonheur elle s'inonde
Suçant jusqu'à l'overdose

Sûr, je la mettrais en cage
Oubliant combinaison
Et je tournerais la page
De cette vampirisation

Me remettant à l'ouvrage
De ma version numérique
En rejouant le voyage
De ma tique thématique

Sur l'aire de mathématique

4. Si j'étais toi

Si j'étais toi
Perdue sans moi
Si t'étais moi
Perdu sans foi

Oserions-nous chevaucher l'autre
Penserions-nous faire un sans-faute
Quand on sait que bien des amantes
Ne savent plus pourquoi elles mentent

Comment puis-je avancer vers toi
Qui ne veux se passer de moi
Comment poursuivre mon chemin
Sans me soumettre à ton destin

Penses-y, penses-y

Si j'étais toi
Perdue sans moi
Si t'étais moi
Perdu cent fois

Saurais-je lire au fond de toi
Alors que ton cœur ne dit pas
Que ton amour reste sincère
Lorsqu'il écoute mes prières

Mais comment pourrais-tu m'aimer
Quand plus rien ne sert de m'aimer
Va donc voir ailleurs si j'y suis
Et si j'y suis, bah restes-y

Penses-y, penses-y

Si j'étais toi
Perdue sans moi
Si t'étais moi
Perdu sang froid

Oh non ma vieille pas d'illusion
L'amour n'est plus quand nous couchons
Et l'amitié je n'y crois plus
Et puis d'ailleurs, l'amour non plus

5. Sans lumière

Les hirondelles s'envolent au printemps
Paroles en l'air, sans écrits restent
Comme ma belle décolle tout le temps
Les jambes en l'air, et s'écrie « reste »

Cette femme inepte est inapte
Elle n'est pas alerte, elle s'alarme
Son cerveau inerte ne s'adapte
Elle n'est adepte que des larmes

Le temps parait si court
Aux côtés d'un amour
Mais il semble si long
Auprès d'êtres si cons

Sans lumière bien définie
Sans lumière tout est fini
Fini le temps des lumières
Fini le temps des chimères
Sans lumière à l'infini
Plus de lumières, plus de génies

Elle aurait pu naitre reine d'Egypte
Princesse d'ébène à Tombouctou
Mais elle vient des contes de la crypte
Envouter le monde des matous

Bourgeons du printemps											Brigitte

        J'aurais bien mis une disquette
        Dans son lecteur un dernier soir
        Histoire de voir cette pauvrette
        Comment elle s'en sort dans le noir

Le temps parait si court
Aux côtés d'un amour
Mais il est bien trop long
Auprès d'êtres si cons

Sans lumière bien définie
Sans lumière tout est fini
Fini le temps des lumières
Fini le temps des chimères
Sans lumière à l'infini
Plus de lumières, plus de génies

Le temps n'est pas d'amour
S'il est long quand il court
Mais il est tellement bon
S'il est dénué de cons

Chapitre 15

Et peace and love

1. À cause des nanas

Hummm ! Hummm ! Nanas
Hummm ! Hummm ! Nanas

À cause des nanas
On s'asperge de parfum
On mange pas, on a faim

À cause des nanas
On s'habille chinchilla
Pour ne pas prendre froid

À cause des nanas
On fait n'importe quoi
Pourvu qu'elles aiment ça

À cause des, à cause des nanas

Pas facile, les filles d'aujourd'hui
Quand certains garçons les trahissent
On aimerait tant qu'elles disent oui
Mais si peur, elles s'enfuient

Ou bien elles deviennent casse-noisettes
Ne nous laissant que des miettes
Alors on prend la poudre d'escampette

Bourgeons du printemps   Et peace and love

À cause des nanas
On la ferme c'est comme ça
Ferme ta bouche ou casse-toi

À cause des nanas
Émasculés cent fois
Par leur bouche casse-noix

À cause des nanas
Nos baballes sont en froid
À cause des nanas

Elles sont chaudes, ça c'est indéniable
On en devient formidiable
Quand elle brule d'amour au lit
On aimerait qu'elles s'oublient

Mais elles stoppent, juste pour l'excite
Juste pour nous mater la bitte
Ne ris point, on s'la donne à cinq contre un

À cause des nanas
On se frotte le bidon
On trouve ça vraiment bon

À cause des nanas
Alors elles se bidonnent
Elles deviennent super connes

À cause des nanas
On reste sur la fin
Vraiment sur notre faim
À cause des nanas

Bourgeons du printemps									Et peace and love

[Partie Rap]

On se frotte le bas, le bas du ventre
On se voit déjà tirer sa crampe
Mais on s'astique sous la douche
On s'dit qu'si l'on avait une bouche…

C'est ainsi qu'on s'vide les cacahouètes
Puis qu'on se dit que la vie est chouette
Mais qu'elle pourrait être plus belle
Si les femmes étaient moins rebelles

À cause des nanas
On se frotte le bidon
On trouve ça vraiment bon

À cause des nanas
Alors elles se bidonnent
Elles deviennent super connes

À cause des nanas
On reste sur la fin
Vraiment sur notre faim

À cause des, à cause des nanas

Bourgeons du printemps   Et peace and love

À cause des nanas
On boit quand c'est fini
Pourvu qu'elles nous oublient

À cause des nanas
Mais dis quand dira-t-on
Qu'on pleure surtout les thons

À cause des nanas
Dis-moi que dirait-t-on
Si' l'on s'tapait des thons

Au lieu des, au lieu des nanas

À cause des nanas
On se frotte le bidon
Elles trouvent ça vraiment con

À cause des nanas
Qui se lèchent le con
On est comme des cons

À cause des nanas
Qui se bouffent le fion
Nos bouches puent l'ognon

À cause des, à cause des nanas

Bourgeons du printemps   Et peace and love

À cause des nanas
On se frotte à leurs bas
Et la crampe reste là

À cause des nanas
Sous la douche c'est comme ça
Leur bouche nous manquera

À cause des nanas
Nos baballes sont à plat
À cause des, à cause des nanas

2. Madame sans-gêne

La femme est l'avenir de l'homme
La femme est l'avenir de l'âme
La femme est l'avenir des gènes
Elle viendra, reviendra sans gêne

Pour te faire découvrir l'amour
Pour te faire découvrir toujours
Pour l'avenir, t'es son genre humain
Elle viendra te prendre la main

Madame sans-gêne
C'est une belle femme
C'n'est pas un rêve
Madame sans-gêne
Quand elle se pâme
Tu fais la trêve
Tu capitules
Et sans scrupules
Elle s'avance
Mais tu recules
Comment veux-tu
Comment veux-tu
T'es ridicule
Madame sans-gêne
Sans gêne tue
Le ridicule

Bourgeons du printemps					Et peace and love

    La femme, femme, femme est belle, belle, belle
    Lorsqu'elle se donne et qu'elle s'adonne
      Aux plaisirs qui nous ensorcèlent
    Elle croque la pomme, pom pom pom pom

     Laisse la femme, laisse-la venir
      Laisse la belle te sourire
     Laisse passer, laisse faire l'avenir
      Laisse la bête en toi rugir

Table des matières

Pré qu'elles sont belles **17**

Les bourgeons du printemps **19**
    Mes amours 21

Béguins d'enfance **23**

Mes amours d'enfance **25**
    1.   Mon premier russe 27
    2.   Safeta 29
    3.   Mon premier patin 31

Martine **33**

My first lady **35**
    1.   Y a des jours comme ça 37
    2.   Martine 40
    3.   Y a plus d'espoir 41
    4.   Bond, je n'suis pas Bond 43
    5.   Beaucoup de beaux coups 45
    6.   C'est pas que… 48

Marie-Christine **51**

Marie **53**
    1.   Joli mois de mai 59
    2.   Marie 61
    3.   Quand on n'a même pas vingt ans 62
    4.   La jalousie 64
    5.   Je me la joue single 66

Pénélope **69**

À toutes les… Pénélope **71**
    1. Le bon temps des bals 73
    2. La tour est folle 75
    3. Un bibi 77
    4. Pénélope 79

Aline **81**

Tendre Aline **83**
    1. Groupie du DJ 85
    2. Go, go, go 87
    3. Aline 90
    4. Putain ce que j'étais con 92
    5. Souvent sous le vent 94

Corine **97**

Coco **99**
    1. Pas facile 101
    2. Je chante l'amour 103

Dylan **105**
    À toi 107

Claire **109**
    1. Un rayon de soleil 111
    2. En clair 112
    3. Claire 113
    4. Pas facile de partir 116

Eva **119**
    1. La féri dondaine 121
    2. Évadez-moi 123

Élodie **125**
    1. Élodie 127
    2. Ma petite anglaise 131

Katy **133**
    1. À Monceau 135
    2. Végéter 136
    3. Un d'ces quat', deux feront dix 137
    4. Dessous le Pont des Arts 141
    5. Un passe ou c'est l'impasse 142

Lili **145**
    1. You're a joker 147
    2. Un p'tit coucou 149
    3. Ma p'tite Lili 151

Brigitte **155**
    1. Quel cul ! 157
    2. Si ta mère s'en mêle ! 158
    3. C'est mathématique 160
    4. Si j'étais toi 163
    5. Sans lumière 165

Et peace and love **167**
    1. À cause des nanas 169
    2. Madame sans-gêne 174

Remerciements

Je remercie Anne-France Badaoui pour le soutien qu'elle m'apporte régulièrement.

Je tiens à vous remercier encore chers lecteurs pour vos encouragements et je suis heureux de savoir que vous appréciez mes écrits.
Le bouche-à-oreille fonctionne bien ainsi que les réseaux sociaux. Je compte sur vous pour me faire connaitre.

Vous pouvez me joindre à cette adresse : Jean-Mi-Aube@hotmail.fr.
Je serai ravi de répondre à vos questions. Vous pouvez aussi donner votre avis sur le site où vous l'avez acheté ou à votre libraire.

Du même auteur

Série Mary, recueils de poésies romantiques (De juin à septembre 2021) :

- Mary tome 1 : 50 Ça te tente
- Mary tome 2 : 51 Dans l'eau
- Mary tome 3 : Un entredeux entre deux âges

Voyage Interplanétaire Érotico-Poétique (Octobre 2021)

L'écolo alcoolo au DrugStar (Novembre 2021)

Vers d'univers musical (Mai 2022)